動物醫館
尋找傳統……從中醫藥講起
林嬋嬋 繪著
非凡出版

自序

《動物醫館：尋找傳統……從中醫藥講起》是百子櫃裏的香港情懷，是我的第一本個人繪本創作，初衷是透過繪本藝術，讓更多人認識中國香港的傳統文化。全書採用手繪創作，以細膩的筆觸呈現傳統生活的質感，並運用動物擬人化的角色設計，為古老的習俗增添童趣，吸引孩子們探索那些逐漸消逝的日常風景。

這本繪本以香港的懷舊風物串聯整個故事 —— 從唐樓天台的晨光開始，白兔紅棗一家在晨曦中練習太極、街角報攤飄散着油墨香氣、茶樓點心車上的蒸籠疊成搖搖欲墜的寶塔、中醫館的百子櫃散發陳皮與當歸的藥香、深褐色的廿四味在瓷碗裏沉澱着時光、粵劇後台的金線戲服仍閃耀着昔日的華彩，而電車軌道上的叮噹聲，則像城市的脈搏，流淌在幾代人摩肩接踵的煙火氣中……

故事裏，小貓桂圓遇見小兔紅棗，發現傳統文化中藏着許多可愛的小精靈。在尋找這些精靈的過程中，他們逐漸認識並愛上香港的種種傳統文化。本書希望透過豐富細膩的畫面，以畫筆銘刻傳統文化的每一處細節，不僅透過文字，更透過圖像中的點滴 —— 那些人物、場景與物件，喚起年輕一代對歷史的興趣，讓文化記憶得以延續。

在此衷心感謝香港出版總會舉辦、文創產業發展處資助的第三屆「想創你未來 —— 初創作家出版資助計劃」，讓我有機會實現首部個人繪本的出版夢想。同時感謝非凡出版的全力支持，儘管本書構圖複雜且全程手繪，製作時間緊迫，出版社仍給予我充分的創作自由。

特別鳴謝何慧欣中醫師在傳統中醫知識上的專業指導，使作品更具文化深度。

最後，感謝我的家人，尤其是丈夫一路以來的支持、協助與鼓勵，讓這本繪本得以誕生。

角色介紹

首烏

紅棗的爺爺，傳統老中醫師兼太極宗師，智慧老人。套用首烏黑髮概念，故形象是黑兔。

玉蓮

在醫館負責針灸治療的女醫師。靈感來自本《神農本草經》「麋茸益氣」，角色形象是麋鹿。

桂枝

紅棗的嫲嫲，在醫館負責處理藥材，為人慈祥，美食藥膳高手。角色形象也是白兔。

紅棗

自小在醫館長大，熱愛中國傳統事物，能看見「小精靈」，相傳玉兔為王母的藥劑師，傳統石刻都有兔子搗藥的姿勢，故女主角紅棗設定為中醫館長大的白兔。

桂圓

紅棗新結識的好友，喜新厭舊愛刺激。中藥舖養貓驅鼠，也有「貓來去病」的民間習俗，因此以貓的形象作為男主角。

半夏

桂圓的媽媽，典型顧家的中國香港中年太太。角色形象是黑白貓。

註：所有角色皆取自中藥材名稱。

早上，
兔子紅棗跟爺爺首烏、
嫲嫲桂枝等人
在寓所的天台
練太極。
押
在同廈另一單位，
小貓桂圓卻一直彎腰
低頭玩手機游戲。

紅棗一家練完太極後，會到附近茶樓
飲早茶，爺爺途中習慣買份報紙。

桂圓這時仍在低頭玩手機，
桂圓媽媽有點生氣。

桂圓媽媽：
「你常說頸痛，就
別再玩手機了！」
老店結業
紅棗在茶樓叫了喜歡的點心，
一家人享受快樂時光。

紅棗和家人享受完早茶
便一起回中醫館「開舖」。
桂圓媽媽帶兒子來睇
中醫：「孩子常說頭痛，
請問看中醫可以嗎？」
針灸
拔罐
艾灸
煎藥
紅棗嫲嫲：「中醫有不少治療頭痛的方法喔，
比如針灸、拔罐、艾灸、煎中藥……」

桂圓步入中醫店，
傳來一陣濃烈的、
苦苦的藥材味，大感沒趣。

相反，
紅棗很少在醫館見到
年紀相若的孩子，
對桂圓大感興趣。

紅棗：
「你在玩甚麼？」
桂圓：
「我在捉精靈，好有趣的！」

醫術湛深
紅棗：「精靈？！我們這裏
也住了好多精靈喔！」

只有紅棗看到這些精靈。

只有紅棗看到這些精靈。

紅棗說：「這是海馬精靈、
八角精靈、靈芝精靈」
桂圓也被模型吸引着，
但看不到甚麼精靈。
沉香
鱉甲
紫蘇葉
八角
海龍
使君子
吳茱萸
木蝴蝶
石斛
白花蛇
桂枝
銀杏葉
川楝子
大血藤
降香
靈芝
辛夷
陳皮
艾葉
斑蝥
蛤蚧
槐花
桑枝
紅花
旋覆花
款冬花
猴頭菇
梔子
夏枯草
雞蛋花
枇杷葉
海馬
羅漢果
山楂
枳實
蟲草花
玫瑰花
菊花

紅棗帶桂圓觀看
由藥材砌成的模型。

咦！
好像閃現了些奇怪生物，
嚇了桂圓一跳！

桂圓四周張望，
甚麼都沒有……

桂圓擦擦眼……

……又不見了？

「快過來，到你了！」
桂圓聽到媽媽叫自己，
快跑過去。
首烏醫師
首烏醫師望聞問切，
為桂圓把脈。
首烏醫師

首烏醫師檢查和詢問
桂圓頸椎的情況，

再查看五官、舌頭。

紅棗接過爺爺寫好的
藥單交給嫲嫲執藥。
桂圓好奇：「甚麼是執藥？」

嫲嫲說：

「這個是銅桿秤，
用來秤藥材的重量，
我按着藥單把藥材放在這個盤子，
把秤錘堆至適當的刻度……

……然後拿起中間支點的秤紐，
若秤桿向盤傾斜，代表藥材太重，
要拿走些；向秤錘傾斜就是要加藥材，
直至兩邊平衡。
跟着就可以把藥材倒在紙上。」

桂圓覺得有趣，
嚷着：「我想試、我想試。」

紅棗笑了：

「是精靈們想磅重！」

桂圓默唸着：「先把藥材放入盤，
然後……嘩！發生甚麼事？
盤子自己跳了起來？」

首烏堂
講完了秤，紅棗拉着桂圓
的手走進醫館裏的房間，
說：「我帶你去治療。」

桂圓踏入房間，
馬上看到全身插着針的婆婆，
不禁**毛骨悚然**。

桂圓嚇得大叫：
「救命呀，我不
要打針！我不
要打針……！」

這時負責針灸治療的玉蓮姐姐
剛準備好拔罐的器材，
有玻璃罐、綿花球、酒精、
夾子、打火機和一杯水。

桂圓脫去上衣，俯臥在床，
玉蓮用夾子夾起綿花，
點燃，然後燒了下玻璃罐。

玻璃罐在桂圓背上跳來跳去，
玉蓮說：「這是『閃罐』，
有助緩解肌肉痠痛。」

接着玻璃罐在背上滑行，
玉蓮說：「這是『走罐』，
可以拉鬆肌筋膜。」

最後罐吸在桂圓背上，
傳來陣陣暖意，
桂圓慢慢睡着。

在夢中看到活潑的
拔罐精靈跳着舞。

桂圓覺得頸子不痛了，
身體靈活地一起跳舞。

跳着跳着，紅棗拉開布簾說：
「快起床，你的藥煎好了。」
桂圓醒來，看着背部紫紫紅紅的圓印，
也看到夢中的拔罐精靈：「他們是……？」

桂圓穿好衣服走出房間，見到很多藥材
小精靈忙碌地飄來飄去。紅棗說：「太好了，
你能看到他們，證明精靈很喜歡你，我又
多了個可以分享的朋友。」

這時醫館坐滿客人，有瘦弱的豬，心急發脾氣的樹懶，很胖的長頸鹿等等。

術湛深
桂圓說：「咦？哥哥姐姐們的外觀症狀好像跟描述不搭？嗚，不敢看了…」
紅棗說：「噢，真不好意思，文字錯配了呢，待我更正吧。看！這樣才對喔！」
氣鬱
特徵
情志不暢、憂鬱脆弱、敏感多疑，主因生活節奏急促、壓力大
瘀血
特徵
血液運行不暢或瘀血內阻所致，膚色晦暗、健忘
濕熱
特徵
面垢油光、易生痤瘡、口苦口乾、身重睏倦、心煩急躁

平和
特徵
面色紅潤、精力充沛、耐受寒熱、睡眠及胃口俱佳，平時較少患病，是理想的體質
氣虛
特徵
元氣不足、精神不振、氣短、語音低弱，易患感冒；長期從事腦力勞動者易養成此體質
陽虛
特徵
陽氣不足、精神不振、易着涼、怕冷；長期偏食寒涼食物或冷飲者易養成此體質
陰虛
特徵
因體液虧少所致，口燥咽乾，手足心熱，易患虛勞、失眠；常吃煎炸物或嗜煙酒易養成此體質
痰濕
特徵
水液內停使痰濕凝聚所致；通常體態較胖、腹部肥滿鬆軟，平時嗜甜食、肉食，喜睡少動

術湛深
陽虛
氣虛
痰濕

桂圓捏住鼻，急急大口喝下苦藥後，
大叫：「嘩！太苦了！」
這時紅棗馬上把山楂糖扔進桂圓口中，
桂圓嘗了嘗，甜甜酸酸的，很好味。
因為還有幾劑藥要拿回家自行熬煮，
所以紅棗送了很多山楂糖和嘉應子給桂圓。

桂圓媽媽另外買了些桂圓、紅棗。
桂圓大感奇怪：「甚麼？媽媽要買我們？」
媽媽笑着說：「這些藥材也叫紅棗、桂圓，
有補血，抗衰老的功效，而且味道甜甜的，
正常沒病也可以吃。」
桂圓
紅棗
杞子
山楂
桂圓
紅棗
每斤111元
每斤222元

桂圓說：「原來我的名字是藥材名，難道長大要當中醫師？」

紅棗拿起算盤計算診金和藥材價錢，桂圓看到精靈們在上面跳來跳去，也想一起玩，卻被媽媽叫住：「走吧，我們要去買菜了。」

自此之後，桂圓常常會來醫館找紅棗和藥材精靈玩。

有一天，桂圓
放學經過中醫館，
看到紅棗追着精靈
跑出醫館。
他叫住紅棗問：
「發生甚麼事？」
賣
三折
冬菇
二折
每斤222元

紅棗哭道：「爺爺的醫館要關門了，精靈們都要搬家了。」

桂圓不知所措：「那…那我們怎辦？」

押
紅棗想了想：「其實香港很多地方都有小精靈，我們放

假時去問問他們，看看可以怎樣找回藥材精靈。」

很快到了星期日，一大早他們便去冰室買菠蘿油，冰室中的菠蘿油和「絲襪奶茶」等是中西文化在香港交融後，本地的飲食文化代表，所以也會孕育出小精靈。

紅棗拿出自己畫的精靈圖問：「你們看到藥材精靈嗎？」菠蘿油精靈上前看了看，表示不知道，二人只好改到附近的街市找找。

來到街市經過紙紮店，剛巧是中秋節前夕，店外圍着色彩繽紛的紙紮燈籠，還有些燈籠精靈！

桂圓好奇這裏有甚麼文化故事，狐狸叔叔說：「燈籠是用傳統紮作技法製成，這種民間手藝在很久以前已經用在各種紅白事和節日拜祭中。」

燈籠小精靈浮出來打招呼，
這時紅棗又問：
「你們看到藥材精靈嗎？」
精靈們搖搖頭表示不知道，
紅棗和桂圓失望地離開。

紮作技藝

那座大廈是粵曲中心，是婆婆表演粵劇的地方，
紅棗和桂圓走入後台，把熱辣辣的菠蘿包拿給婆婆。

桂圓問：「你們知道哪裏有藥材精靈嗎？」
精靈搖搖頭。線索又斷了，
桂圓和紅棗灰心地離開粵曲中心。

紅棗這時想起要幫爺爺到文房四寶店取掛畫，那店裏也有小精靈。

拿畫時，桂圓趕緊問印章精靈：「你們有見過藥材精靈嗎？」牠們都搖搖頭。

找了大半天也找不到，
紅棗帶着桂圓進入涼茶店。
桂圓有點厭悶，說：「……
你又帶我食苦藥？」
紅棗：「有很多不苦的
涼茶喔，爺爺說這裏舊
時是咖啡室，而且我知
道這兒有好多精靈。」
雞骨
龜苓茶
涼茶
涼茶

紅棗指着外面：「嫂嫂，我要龜苓膏，要加好多好多糖漿。我的朋友給他甜甜的蔗汁就可以。」

然後繼續說：「除了蔗汁，五花茶和銀菊露都是甜的。另外，涼茶店和醫館有好大關係，這裏可能容易找到藥材精靈。」這時有兩隻精靈飄近……

紅棗問：「你們知道藥材精靈去了哪裏嗎？」
精靈們指着一位熊先生。

紅棗急急打包了涼茶就跟着那個神秘的熊先生。

兩人跟上了電車，
穿過一層層大樓。

跟着跟着，兩人來到了
一家新式中醫館，
紅棗看到爺爺，
原來他跟這裏的熊醫師相識。

爺爺把店裏的藥材模型寄託給熊醫師。

紅棗和桂圓終於找回藥材小精靈了。

爺爺發現了紅棗和她手上的字畫，說：「你們來得剛剛好，這幅字畫是送給熊醫師的，祝開張大吉。」

爺爺介紹這裏融合了傳統與新式中醫技術的器材，包括中藥粉百子櫃、中醫四診儀等。

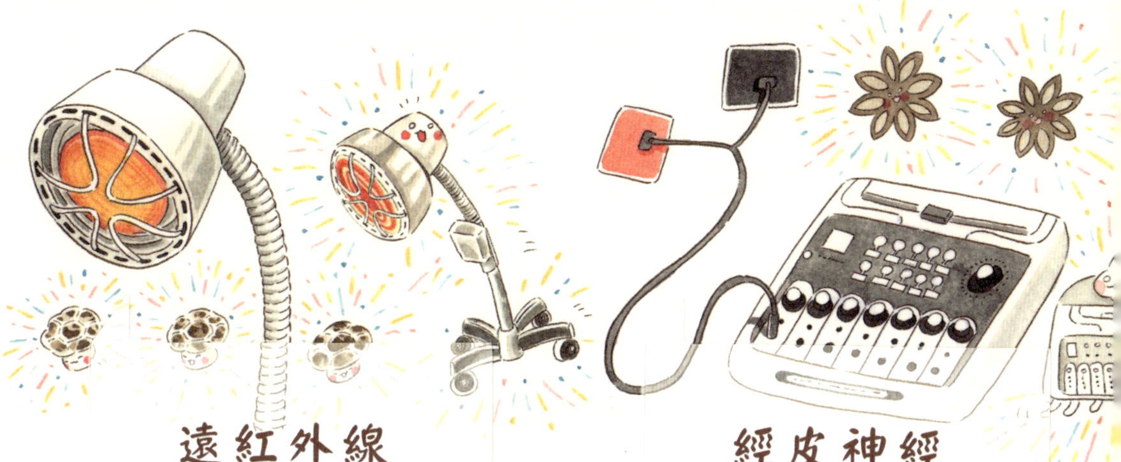

還有電子針灸儀、遠紅外線熱源燈、經皮神經電刺激治療、中藥薰蒸治療，讓紅棗和桂圓嘆為觀止。

紅棗見到精靈舊友都熟絡地認識新精靈，
相處融洽，感到很放心。

爺爺說：「適當地結合新技術，可能
也是讓古老傳統承繼下去的方法。」

紅棗看到小精靈們找到安居地，
雖然放心，但離開時也感到不捨。

而桂圓接觸了這麼多小精靈，
開始思考怎樣可以擁有自己精靈朋友。

動物醫館

尋找傳統……從中醫藥講起

林嬋嬋 繪著

責任編輯　法蘭奇
中醫藥知識監修　何慧欣醫師
裝幀設計　Fuzzy Design
印　　務　劉漢舉

出　版　非凡出版
香港北角英皇道 499 號北角工業大廈一樓 B
電話：(852) 2137 2338
傳真：(852) 2713 8202
電子郵件：info@chunghwabook.com.hk
網址：http://www.chunghwabook.com.hk

發　行　香港聯合書刊物流有限公司
香港新界荃灣德士古道 220-248 號荃灣工業中心 16 樓
電話：(852) 2150 2100
傳真：(852) 2407 3062
電子郵件：info@suplogistics.com.hk

印　刷　美雅印刷製本有限公司
香港觀塘榮業街六號海濱工業大廈四樓 A 室

版　次　2025 年 4 月初版

規　格　大 16 開 (210mm x 285mm)
ISBN　978-988-8913-07-7

Paper Sponsor

封面 / KPP Signature Texture Basane 120gsm
內文 / BRISK Uncoated Texture Eggshell 150gsm
半透明頁 / Curious Translucents Clear 110gsm

本出版物獲第三屆「想創你未來－初創作家出版資助計劃」資助。該計劃由香港出版總會主辦，文創產業發展處資助。

鳴謝：
主辦機構：香港出版總會
贊助機構：文創產業發展處